Nelleke Noordervliet

Begoochelingen

Nelleke Noordervliet: Begoochelingen

Naarden: B for Books B.V.
ISBN: 9085160812
EAN: 9789085160816

Ontwerp: Studio Jan de Boer, Amsterdam
Druk: Giethoorn ten Brink, Meppel
Redactie: Margot Engelen
Auteursfoto: Harry Cock

Copyright © 2006 Nelleke Noordervliet /
c/o Uitgeverij Augustus Amsterdam /
Uitgeverij B for Books B.V.
Rubberstraat 7d, 1411 AL Naarden

Niets uit deze uitgave mag worden verveelvoudigd en/
of openbaar gemaakt, door middel van druk, fotokopie,
microfilm of op welke andere wijze ook, zonder vooraf-
gaande schriftelijke toestemming van de uitgever.

De Literaire Juweeltjes Reeks

'Ontlezing' – het onheilspellende o-woord waar heel boekenminnend Nederland overstuur van raakt. Om mensen en vooral jonge mensen op een prettige manier duidelijk te maken dat het lezen van literatuur heel aangenaam kan zijn en tegelijkertijd onze kijk op de wereld een beetje kan veranderen is een nieuwe reeks opgezet, de Literaire Juweeltjes Reeks.

Elke maand verschijnt een nieuw Literair Juweeltje, een goed toegankelijke tekst van een bekende schrijver in een mooi vormgegeven boekje dat slechts 1 euro kost. Achterin elk deeltje staan telkens kortingsbonnen waarmee voor minder geld meer werk van de schrijvers kan worden gekocht in de boekhandel.

Zo proberen we van niet-lezers lezers te maken, en van weinig-lezers hopelijk graag-lezers. Dat kan lukken dankzij de welwillende medewerking van de schrijvers, hun uitgevers, fotografen, de drukker, vormgever, en Bruna BV.

Zelden was mooi lezen zo goedkoop. Laat je niet ontlezen. Of, zoals men 50 jaar geleden adverteerde: 'Wacht niet tot gij een been gebroken hebt, om een reden tot lezen te hebben.'

Uitgeverij B for Books, Naarden

Inhoud

Door een spiegel, in raadselen 9

Advocaat van de hemel 23

Door een spiegel, in raadselen

In het souterrain onder zijn woning was lange tijd een galerie gevestigd. De dame die er in kunsttijdschriften zat te bladeren vervaagde langzaam tot een rode bril. Tenslotte bleek ook de kunst geruisloos te zijn verdwenen. Na lange leegstand zette een team Poolse bouwvakkers hun draagbare radio's en gascomfoors beneden hem neer. Er volgde een periode van goulashstank en melancholieke liederen bij langdurig gehamer en gezaag. Daarna was het weer stil.

Toen hij op een dag van zijn werk thuiskwam zag hij een uithangbord onder zijn rechtervensterbank, boven de deur van het onderhuis. De ramen van het bedrijfje dat er was gehuisvest waren geblindeerd. Melkglas. Niemand kon binnenkijken. Wat de galerie zo nadrukkelijk had gehoopt en niet gekregen, weerde de nieuwe eigenaar af. Op het crèmekleurige bord stond in Grieks aandoende letters: 'Spiegel van Afrodite', en daaronder kleiner: 'beauté, santé'. De kokette parmantigheid ervan was een inbreuk op de bescheiden burgerlijkheid van de gevel. Het bord contrasteerde met de bedaagde straat. De Spiegel van Afrodite had met de niets ontziende charme van een mooie jonge vrouw zijn huis in beslag genomen. Dat ene in de wind wuivende bordje! Hij moest de neiging bedwingen het ding van zijn smeedijzeren krulankers te lichten en bij het grofvuil te zetten. Hij tilde zijn lichtgewichtfiets de natuurstenen stoep op om hem veilig in de gang te zetten, en probeerde in de vertrouwdheid van zijn eigen huis zijn evenwicht te hervinden. Het was of hij zijn voeten in schuim zette.

Een tijdlang gebeurde er weinig of niets beneden. Een gedempte vrouwenstem beantwoordde wel eens de telefoon. Een paar weken later besefte hij dat het rinkelende belletje dat hij af en toe hoorde het verklikkertje was van de deur naar het onderhuis. De Spiegel van Afrodite had klanten voor schoonheid en gezondheid. Op donderdagavond en op zaterdag vooral. En het bezoek nam toe. Toen hij op een vrije vrijdag achter zijn computer zat te zoeken naar goedkope vluchten op New York, ging het belletje erg vaak. Er was ook meer geroezemoes. Hij vermoedde dat het beneden net als bij de kapper weekendspitsuur was. Nu ging hij ondanks zichzelf op het belletje letten en telde. Als hij het tien keer had gehoord, waren er dan tien dames binnen of waren er vijf gekomen en weer gegaan? Hoeveel tijd ging voorbij tussen twee belletjes? Zolang het oneven was, was er klandizie, besloot hij. Dat in ieder geval. Nee, juist niet: het eerste belletje was van de schoonheidsspecialiste die haar werk begon. Als het even was, was er een klant. (Patiënt? Cliënt?) Een paar keer stond hij op en ging kijken of hij iemand zag weggaan. Niemand. Steeds was er kennelijk iemand binnengegaan en niet naar buiten gekomen. Dus ging hij tweemaal achter elkaar naar het raam. Maar zag niets. Hij kon zich niet meer concentreren en om het belletje niet meer te horen, zette hij een koptelefoon op. Muziek aan. Hard en heel dichtbij. Het zong zowat in hem. Het vibreerde in zijn borst. Maar het hielp niet. De melancholieke liedjes van verlies en verlangen, waarvan overigens de meeste woorden niet tot hem doordrongen, maakten hem onrustig, zoals een nachtmerrie de dag kan verzenuwen zonder precies herinnerd te worden. Hij deed de muziek uit en ging zitten luisteren naar het belletje en naar de geluiden die opstegen vanuit de Spiegel van Afrodite. Om beter te kunnen horen deed hij de deur naar de veranda open, in de hoop dat zij daar beneden ook een deur of een raam open hadden. Hij hoorde stemmen en gelach. Rook hij etherische oliën? Agave? Aloë? Jasmijn?

Rozen? Hij verzon een excuus voor zichzelf om buiten te gaan staan. Het was kil. De stemmen waren duidelijker. Iemand vertelde een verhaal, af en toe onderbroken door kreten van 'oh' en 'ah'. Van hoeveel vrouwen? Twee? Drie? Het werd weer stil. Waren ze er nog? Hoorde hij daar het belletje? Hij vloog naar voor en keek. Er liep een vrouw weg. Hoge hakken, korte, zwierige rok, mooie benen, lang haar. Ze schikte haar tas over haar schouder, stond stil, haalde een mobiel tevoorschijn en begon er al lopend in te praten, het haar naar een kant geschud. Hij kon niet horen wat ze zei, maar hij had er tenminste een gezien! Hij voelde een aanvechting haar te volgen. Wat een idioot idee. Hij deed de koptelefoon weer op. En New York: als hij nu eens met Icelandair ging. Maar hij was er niet meer bij met zijn gedachten.

Het was niet tegen te houden. De hele zaterdag luisterde hij als een hond naar het belletje, kwijlde, liep van voor naar achter om te kijken en te luisteren, maar hij zag niets en wat hij hoorde verstond hij niet. Was het nu maar een zoemend of monotoon geluid geweest, desnoods het opgewonden getetter van een radiostation, maar dit samenraapsel van gelispel, gegiechel, gefluister, gespannen zwijgen, diepe stilte, gekakel opeens, gieren, sissen, waarvan hij niet wist wat bij de vrouwen hoorde en wat aan geheimzinnige instrumenten moest worden toegeschreven, maakte hem gek. Het gif liep zijn oren in, verspreidde zich in hem. Kleine geluidsdiertjes drongen via slinkse gangen en holen door het hele huis, omknelden het met duizend tentakeltjes. Ze zouden hem eruit persen of verstikken. Als hij maar kon horen wat ze zeiden, hij zou er vrede mee hebben en niet meer met zijn oor aan een omgekeerd glas op de vloer liggen.

Vrouwen. Ze waren altijd vriendinnen geweest, buren, zussen, moeders, minnaressen, maar nu waren ze maenaden, bacchanten, godinnen; ze behoorden tot een andere wereld, de wereld van mysteriën, de wereld van schoonheid, wedergeboorte uit de modder, het slik, het slib, het vuile schuim, de wereld van trance, extase en dood. Ze beloofden vervulling, die ze nimmer gaven. Hij kende hen niet meer. Op slag was hij alleen in het universum.

Hij verloor het gevecht tegen zijn mateloze nieuwsgierigheid. Hij nam op vrijdagen vrij om te luisteren. Elke zaterdag ging hij meer ten onder. Wat wil je toch? vroeg hij zichzelf wanhopig af. Wat willen zij toch? Hij deed oefeningen in gewoonheid, stelde zich voor hoe het er beneden toeging, speelde de eigenares en de klant, en deed hardop hun dialoogjes. Om het rollenspel waarheidsgehalte te geven, zocht hij op het internet naar websites van schoonheidssalons. Wat ze al niet aanboden: harsen, elektrisch epileren, modderpakkingen, stoombaden, massages, gezichtsbehandelingen, schouderpartij en decolleté, permanente eyeliner, verfbaden voor oogharen, bikinilijn, dermabrasie (whatever that may be). Het stond er zo nuchter en vanzelfsprekend. Alsof het een garage was. Kleine beurt, grote beurt. Doorsmeren, olie verversen. En waarvoor dit alles? Voor wie? Waarom? Hij kreunde. Het was daarbeneden verboden terrein.

Daar ging het belletje weer en begon het gelach, het vertrouwelijke smoezen. Ze lachten om hem, om die vent daarboven, makkelijk slachtoffer, laffe man, te vernietigen soort. Uitgestotene. Alles ging hem aan. Alles ging over hem. Elk gesprek dat hij niet kon verstaan mondde uit in een gezamenlijk beleden afkeer van hem. Een litanie. Exorcisme. Ze bespiedden hem, loerden op hem. Hoe, wist hij niet, als hij zelf niet eens in staat was hen te bespieden. Juist daarom, o ja, juist daarom: zij bezaten het geheim van onzichtbaarheid en alomtegenwoordigheid. Als hij niet thuis was klommen ze langs de glycine omhoog naar het tuimelraam en besmetten ze met hun geurige adem en hun gezalfde handen zijn bank, zijn boeken, zijn bed.

De Spiegel van Afrodite was onder hem gekomen om hem gek te maken. Nee, nee! Misschien was alles – inclusief de salon en het wuivende bordje – van a tot z een inbeelding van zijn zieke geest. O, duizendmaal liever ziek dan een echte schoonheidssalon beneden hem. Hij vroeg het telefoonnummer op in de hoop nul op het rekest te krijgen en werd spontaan doorverbonden. Met zijn ene oor hoorde hij een stem die zei: Spiegel van Afrodite, met Jenny, wat kan ik voor u doen? Met zijn andere oor hoorde hij het hatelijke gezoem van beneden komen: bent u die belachelijke bovenbuurman, die oenige randdebiel die kwijlend achter mijn klanten aan loopt? Geschrokken legde hij de hoorn op de haak.

Maar hij was niet laf. Hij besloot de uitdaging aan te gaan. Door de Spiegel van Afrodite heengaan, dat was de enige methode. Aan de andere kant terechtkomen. Doordringen in de onderwereld, deelhebben aan het geheim. Het geheim temmen. De vrouwen ontwapenen. Vrouw lijken. Vrouw worden. Vrouw zijn. Vanaf het moment dat hij tijdens een slapeloze nacht de oplossing bedacht, werd hij sterker, liep hij beslister, handelde hij bewuster... en nam het geraas van beneden toe. Er kwam vreemde muziek bij, panfluiten, harpen, onmogelijk hoge stemmen, tonen die misschien alleen door honden te horen waren, maar die niettemin zijn hersens platlegden. De strijd om het souterrain was ontbrand.

Toen hij aan zijn kapper Arkan, die in het weekend Lola werd, de wens te kennen gaf een dag vrouw te zijn, sloeg deze de handen ineen van verbazing en verrukking. Jazeker wilde hij helpen, maar voor welke gelegenheid? Gala? Cocktail? Shopping? Sportief buitenevenement? Chique? Ordinair? Drag? En had hij veel lichaamshaar? Hij dacht aan de vrouw met het rokje, het mobieltje, en de hakken. Hij dacht aan 'Jenny', wellicht in een wit verpleegstersuniform met een diep decolleté. Hij dacht aan zijn vorige vriendin in haar opwindende, rode zomerjurkje, en de moed zonk hem bijna in de schoenen. Shopping, zei hij. En chique. Mmmmja, zei Arkan teleurgesteld. Okee. Ik neem wel van alles mee. Kun je kiezen. We hebben dezelfde maat, of heb jij een buikje. Hij sloeg speels en flirterig met een slap handje tegen zijn buik. Hij kromp ineen bij het idee dat Arkan zijn beloning in natura kon verlangen, maar misschien zou hij daar anders over denken als hij in een mantelpakje gestoken was. Je zult je heel anders voelen, zei Arkan, of hij zijn gedachten had geraden.

De middag van de metamorfose bracht hij in

geconcentreerde voorbereiding thuis door, luisterend naar de stemmen van beneden, naar de muziek, naar het gelispel, naar het aangorden van de vrouwelijke wapenrusting, naar het krijgsoverleg, de beraadslagingen van de giechelaars, de spotvogels, de wereldheerseressen. Ik hou van vrouwen, zei hij tegen zichzelf. Ik hou van vrouwen. Maar God, hij trilde van de zenuwen.

Arkan met de glanzende zwarte krullen pakte zijn citybag uit en drapeerde verschillende outfits over de rugleuning van de bank. Met liefde en aandacht beroerde hij de fijne stoffen, alsof hij medelijden met ze had nu hij ze afstond aan een bedrieger die ze niet op waarde kon schatten. Gezamenlijk kozen ze een donkerblauw ('zachter en vrouwelijker dan zwart') broekpak met een dun wit coltruitje eronder ('om de adamsappel te bedekken'), zwarte laarsjes met niet al te hoge hakken ('je bent een beginner, je struikelt op pumps'). Met een driedubbel Gillette-scheermesje had hij zich geschoren. De dikke laag pancake, die Arkan bij hem opbracht, zou de hardheid van zijn mannenhuid verzachten ('een uur of twee ben je veilig, daarna ga je tekenen'). Arkan epileerde zijn wenkbrauwen met satanisch genoegen, puntje van de tong tussen de lippen, wattenschijfje klaar om minuscule bloeddruppeltjes weg te vegen ('wie mooi wil zijn moet pijn lijden'). De make-up nam de meeste tijd in beslag ('je bent mijn kunstwerk'). De halflange pruik was de piek op de kerstboom. Spiegel! Hij herkende zijn irissen. En zijn neus. Hij grijnsde. En zijn tanden. Prachtig vond Arkan het. Om verliefd op te worden. Helemaal Gooise chique. Wat een aanbiddelijke mond. Goddank geen smalle mannenlippen. Jajaja! Arkan juichte en klapte in zijn handen. Go girl, go! Nog even je loopje oefenen. Vanuit de heup!

Zijn hart fladderde, zijn hersens waren in de war, vuurden rare gedachten rond, woorden die hij nooit had gebruikt. Hij sloot zijn ogen, kon zijn spiegelbeeld niet kwijtraken, wist niet meer wie hij was, kon zich niet meer herinneren hoe hij er diezelfde morgen nog had uitgezien. 'Louise!' riep Arkan. 'Je bent een Louise.' Zijn eerste Louise-stap zette hij met dichte ogen, wankelde, zijn knieën knikten bij de tweede stap, daarna brak hij als een leeuw door een papieren hoepel, landde als leeuwin, schudde de resten mannelijkheid van zijn schouders, en voelde een erectie beginnen in het strakke slipje.

Het melkglas lichtte maanwit op in de blauwe donderdagavond. Het rinkelend belletje schokte hem een kort moment terug in zijn oude slangenhuid, de adamsappel bewoog onder het witte colletje.

Hij zag niets, toen hij de schuimkleurige receptieruimte betrad. Hij was blind. Het beeld bleef als druppels water op zijn netvlies liggen. Was daar iemand? Ze kwam naar voren, gehuld in geuren. Hij hoorde het zachte schuren van haar kleding, het rinkelen van twee armbanden. Jenny. Adembenemend. Een wandelende cover van een glossy. Gouden regen schitterde op haar lippen, bedauwde haar wangen. Hoe moest hij beschrijven wat langzaam vorm aannam? Zo had hij nog nooit naar een vrouw gekeken. Zo jaloers. Hij zag details. Haar nagels, haar vingers, zee-anemonen, traag kruipend en wuivend, haar sleutelbeenderen naar links en rechts, met zacht vel bedekt als een sabel in een hoes van nappa, het knaapje waaraan haar lichaam onberispelijk was opgehangen, haar oorschelp met duizend windingen om zijn stem in te doen verdwalen. Zag zij hem? Keek zij hem aan? Wist zij in haar wijsheid wie ze voor zich had? Liet ze hem moederlijk zijn bedrog?

Hij fluisterde dat hij zijn stem kwijt was, maar dat hij graag wat informatie wilde over de behandelingen die de Spiegel van Afrodite aanbood. En wat ze zoal aan moderne hulpmiddelen had. Mocht hij eens kijken? Jenny begon haar verkooppraatje, dat hij niet hoorde. Nu zijn ogen waren opengegaan, zaten zijn oren opeens dicht. Hij droomde.

Hij zou nooit meer wakker worden. In deze wereld van watten die geen samenhangende waarneming toeliet zou hij rond blijven dwalen, nooit meer de uitgang kunnen vinden. Dit moment was de eeuwigheid. Hij had een droge keel, streek met zijn hand langs zijn hals, slikte. Jenny's lippen bewogen, namen toen de ruststand aan. Ze verwachtte iets van hem. Antwoord? Op welke vraag? Hij besloot te knikken, durfde haar niet in de ogen te kijken, hij zou opgesloten worden door haar blik. Haar rode nagels strekten zich naar hem uit. Hij deinsde terug. Ze ging hem voor, keek om of hij volgde. Hij hoorde onderdrukt lachen. Proesten.

Ze gingen via een kort, smal gangetje een ruimte binnen die door gordijnen in kleinere eenheden deelbaar was. Hij telde in de gauwigheid vijf vrouwen. Een ervan droeg net als Jenny een wit overslagkieltje. De andere vier zaten of lagen. Ze werden behandeld. Ze hadden allemaal halflang donker haar, net als het zijne. Er klonk gesis uit een stoomapparaat dat op het roze, glimmende gezicht van een van hen was gericht. Een ander was van boven borstbeeld, bedekt met witte klei, van onderen spijkerbroek. Een klein, mooi vrouwtje dat hij vaag herkende (god, dat was waar ook: als ze hem eens spotlachend ontmaskerden als de buurman!) keek op, terwijl ze haar benen ingepakt kreeg met aluminiumfolie. Had ze haar slipje aan of niet? Was dit exhibitionisme gewoon onder vrouwen? Was dit als een Turks bad, waarin ze elkaars haren kamden en parfumeerden en vlechtten, elkaars lijven insmeerden met emulsies en een wederzijdse tederheid tentoonspreidden die mannen niet kenden? Hij zag het schilderij van Ingres, de mollige rondingen van de huri's, de weelderigheid van het serail. En hij stond er middenin. Met hongerige ogen betrad hij de wereld achter de spiegel. Raadselen.

Jenny legde uit. De vrouwen gaven commentaar. 'Lekker hoor.' 'Ander mens.' 'Jezelf verwennen.' 'Nee, het is niet te heet.' Dat hoorde hij. Het was een front. Het was een code. Er werden andere dingen bedoeld. Ze hadden hem door. Dit was een voorbereiding op de aanval. Het zweet brak hem uit. De pancake begon te smelten en zijn col te kleuren. Hij knipperde met zijn ogen. De mascara prikte. Of hij een afspraak wilde maken. Ja, graag, fluisterde hij, en volgde Jenny naar de receptieruimte, waar ze een boek opsloeg en met een lange nagel aan haar lippen een datum zocht. Volgende week zaterdag? Ze hoopte dat hij zijn stem dan weer terughad. Hij knikte. Terwijl hij de deur open en dicht deed en de zoele avond instapte, rinkelde het belletje. Hij zwikte en struikelde het stoepje op.

Hij haalde de make-up van zijn gezicht, boende zijn oude ik tevoorschijn. Beneden werd met gierende uithalen gelachen. Hij greep zich vast aan de rand van de wastafel. Keek in de spiegel. Hij zag Louise. Hij hield zijn hoofd onder de kraan, wreef met een handdoek hard over zijn ogen. Hij bleef Louise zien. Ze schemerde door zijn spiegelbeeld heen, een nabeeld, een echo, een schaduw. Haar lippen bewogen. Ze fluisterde. Ze lachte.

Advocaat van de hemel

Zorgvlied. Daar had hij altijd willen liggen. Het Père Lachaise van Amsterdam. En die stoet: als hij die kon zien! We brachten hem naar zijn kuil ergens achteraan. Ik liep voorop. Het is een plicht die je hebt als familie, als enige zuster. Er is niemand over. Ouders vroeg dood. Wijzelf allang veel ouder dan onze ouders ooit zijn geworden. Tantes en ooms in verre Indische nevels gebleven. Neven en nichten? Geen idee. Leegte aan onze kant van de stamboom. Mijn dode broer had weinig familie bij zijn laatste optreden, maar veel publiek en niemand die om hem gaf. Wie man sich bettet, so liegt man.

Het was mooi dodenweer. Nevelig. Er hingen druppels aan de laatste gele bladeren. Het rook naar kleuterscholen vol herfststukjes. Ik dacht aan hem, hoe hij daar een beetje lag te schudden in zijn Hamletkostuum met Schillerkraag. Dat wou hij aan, hij had het vastgelegd bij de notaris. Hij scheen het pak kort voor zijn dood nog gepast te hebben. Zijn ziekte had hem zijn jeugdige gestalte weer gegeven. Mager en knokig. Nu kan ik gaan, zei hij tegen de verpleegster, die het mij vertelde alsof ik er vast wel blij om zou zijn dat hij vrede had met de dood. 'Uw broer was geen makkelijke patiënt,' zei ze nog eerlijk.

Ofschoon ik toespraken had verboden – ik heb een afschuw van leugenachtigheid en had neutrale muziek uitgezocht – was in de aula een acteur quasi spontaan opgestaan en had de hele 'To be or not to be'-monoloog gedeclameerd, in het geval van mijn broer nauwelijks meer een vraag. Het was een hommage aan het grootste moment van Henks carrière, toen hij als jonge veertiger een dwarse Hamletbewerking speelde onder de harde ideologische hand van een Oost-Duits regisseur. Ik heb de voorstelling met kromme tenen uitgezeten. Velen vonden het prachtig, revolutionair, anders. Hij glorieerde in zijn kleine kring rechtvaardigen.

We naderden het graf. Ik probeerde de beelden tegen te houden, maar werd erdoor overspoeld. Vroeger. Later. Alles. Dat hele vergeefse leven. Het zijne en het mijne. Het leven van iedereen die achter mij over het zachte pad trad. Ik keek naar de hemel. Daarin was niets te zien. Een egaalgrauwe deken. Onzichtbaar de stralend zwarte kosmos met al die zonnen. Hoe uitgebreider onze kennis, des te zinlozer komt alles ons voor, had ik eens gelezen. De kist werd boven het open graf gezet in stille afwachting van het laatste applaus. Het was of mijn broer zelf de regie voerde. Er schoof een halve maan mensen achter het gat. Ze staarden naar hun voeten. Een jonge vrouw schikte haar uitbundige bos rode krullen. Naast haar stond een meisje van een jaar of achttien onbedaarlijk te snikken. Ik schrok ervan. Het kon toch niet om hem zijn. De ceremoniemeester keek mij aan. Ik mocht de eerste steen werpen. Ik negeerde het schepje dat me werd aangereikt, ik bukte, nam een hand zanderige aarde, gooide hem op de kist, verbaasde me erover dat het helemaal niet hol klonk, meer als een mals regenbuitje op het dak van de auto, en zei met luide stem:

'Dit was een waardeloos leven. Het is goed dat er een einde aan is gekomen.'

Ik had het niet voorbereid. Het kwam er zomaar uit. Het laatste woord was voor mij. De adem van de toeschouwers die me hadden gehoord, stokte. Ik draaide me om. Het publiek spleet als de Rode Zee. Ik liep weg. Zo snel als ik kon. Mijn stok liet een driftig spoor van putjes achter in het pad.

Ik word wakker met hevige hartkloppingen. Het is gedaan met het oude mens. Ik kom bij je, broer Henk. Je hebt je laatste wraakzuchtige truc uitgehaald over het graf heen. Je benige klauw trekt me mee het vochtige dodenrijk in. But age with his stealing steps hath clawed me in his clutch. Straks staan we samen voor de hemelpoort en dan word jij toegelaten en moet ik branden in de hel. Dat zou me een gotspe zijn. Precies de grap die ik het Slechte Opperwezen toevertrouw. Ik draai me op mijn andere zij. Het houdt vanzelf wel op. Mijn hart bonst in mijn oor op het kussen. Na drie slagen wacht het een seconde en geeft dan een harde klap. Het hapert daar vanbinnen. Heb ik vaker. Mocht dat geaarzel het laatste tikje van het horloge aankondigen, dan is het een mooie dood. Een benijdenswaardige dood. Zonder lijden vlieg ik in een flits de pijp uit. In mijn eigen warme bed. Ik ga er bijna op hopen.

Maar er is iets dat mijn droge oude-vrouwencynisme wegblaast. Ik luister. Hoe laat is het? Aan de geluiden van de stad te horen het holst van de nacht, als het donker op zijn donkerst is en alle gerucht in dat zwarte gat verdwijnt. Nooit wordt het meer dag. Het leven is voorgoed tot stilstand gekomen. Behalve in de ziekenhuizen waar een verpleegster de ronde doet langs kreunende en rochelende oude mensen. Daar zindert het van dood. Dat zie ik altijd voor me als ik 's nachts wakker word: een verpleegster die met een zaklantaarn in haar hand door lange witte gangen loopt op haar Zweedse muilen.

Een auto rijdt langzaam door de straat, stopt, een portier wordt zachtjes dichtgedrukt, ik hoor lichte stappen van een meisje dat thuiskomt, en de auto die weer optrekt. Een vrijwel geruisloze gebeurtenis. Dan is het nog stiller dan tevoren. Wat was er toch, voordat die auto de straat inreed? Ik heb iets gehoord. Of nee, ervaren. Gevoeld. Een luchtstroom. Warm? Koud? Klam? Ik weet het niet. Ik doe mijn ogen open en wacht tot ze de contouren van mijn slaapkamer zien bij het uiterst bescheiden licht dat mijn elektrische tandenborstel verspreidt, die op de wastafel staat. Ik zie ook het rode stand-by lampje van mijn televisie. Achter me weet ik de groene cijfers van de wekker, die ik nooit meer gebruik in zijn eigenlijke functie. Ik zie de stoel met mijn kleren. De kier boven de gordijnen waar een reep straatverlichting tegen het plafond hangt.

Ruik ik brand? Was dat het? Is er kortsluiting? Is het beeldscherm van mijn computer ontploft, je hoort de gekste dingen, ik mag mijn apparatuur niet stand-by laten staan, zeggen ze, niet alleen vanwege het stroomverbruik, maar ook vanwege het brandgevaar; ik doe het niet, zo'n functie heeft een apparaat niet voor niets, ik laat ze allemaal stand-by, maar nu, nu ruik ik toch iets? Ik sluit mijn ogen weer en concentreer me op de geuren. Beslapen beddegoed, oude vrouw, een vleug zeep, mijn sloffen, de schimmel achter het dakbeschot, de geur van uitgelopen aardappelen in de kelder, de spiritus in het gootsteenkastje, het petroliestel van mijn grootmoeder, het te vaak gebruikte vet in de juspan, de brillantine van vader, het warme bakeliet van de radio, alle geuren van mijn jeugd, alle geuren van het verleden, maar nee, nee, geen brand.

Hoor ik water stromen? Loopt iets over? Kranen dicht? Gas uit? Kunnen we weg? Moeten we terug? Jij denkt altijd dat je vergeten bent de hoofdkraan uit te doen. Nooit vergeet je het. Eens is de eerste keer. Gas? Ik ruik gas. Ik ruik geen gas. Ik ruik niets bijzonders. Intussen zijn al mijn zintuigen gespannen. Klaarwakker. Dames en heren, dit was een waardeloos leven. Het is goed dat er een eind aan is gekomen. Ik heb het werkelijk gezegd. Maar ik ben te oud om me nog te schamen.

Ik hoor een zacht gefluit. Het pijpen van de zoete dood, zeg ik. Mijn mompelende stem wordt in een reeks echo's versterkt, het lijkt wel of er een ondergrondse trein aankomt. Mijn darmen? Zal ik maar even naar de wc? Het wordt tijd om het licht aan te doen. Ik slaap voorlopig toch niet meer. Laat de nuchterheid zich tot in de verste hoeken van mijn huis verspreiden. Laat alle dingen zichzelf worden. Afgetekend. Begrensd. Vast. Laat mij alsjeblieft geen oog of oor krijgen voor het geheime ademen, de beweging in de moleculen, de razende draaiing van de elektronen om hun kern, de kracht die alles op alles uitoefent, waardoor de dingen moeizaam gestalte aannemen, trillend als warmte boven een asfaltweg, o god dat verborgen leven van de dingen. Dat Vasalis-leven, zeg ik spottend om aan de paniek te ontkomen.

Ik zucht en knip het licht aan naast mijn bed. Hop, daar springt het bruin en mosterdgeel en rood van de dingen op. Het meubilair gaat in de houding staan. Ik inspecteer. Er is een foto omgevallen. Daar ben ik natuurlijk wakker van geworden. Dat veroorzaakte de schrikreactie in mijn slaap, de hartklopping. Het zal wel de foto van vroeger zijn, Henk en ik en onze ouders, de enige die ik van ze heb, en die ik daarom heb neergezet ook al staat Henk erop en nu zal juist die foto wel omgevallen zijn. Zo hoort dat. De geesten gaan hun gang maar met hun kleine pesterijen.

Ik loop naar het tafeltje. Het is niet de foto van Henk. Het is de foto van Job, mijn man zaliger, die twintig jaar geleden boven Driehuis-Westerveld in rook is opgegaan. Ik zet hem weer recht. Dag Jopperdepop-met-je-bel-op-je-fiets. Ik kan thee gaan zetten. Ik kan ook een cognacje nemen. Alcohol is slecht voor de hartkloppingen. Een goede reden om aan de fles te gaan. Dwars oud wijf dat je bent, zegt mijn broer Henk, de dode acteur. Hou je kop, Henk. Ik ga thee zetten.

Aan de keukentafel zit een engel. Ik weet dat het een engel is, omdat ik niet van hem schrik en omdat er een kalmerende geur van hem uitgaat, de geur van een korenveld in de zon. Ik kan zijn gezicht niet goed zien, ook al is het licht aan. Het blijft buiten focus. Ik wrijf in mijn ogen, maar dat vage, vlekkerige gaat niet weg. Zo wordt iemand op de televisie onherkenbaar gemaakt. Zijn kleding zie ik daarentegen haarscherp. Het is een pak waar Oger Lussink zich niet voor hoeft te schamen: een keurige krijtstreep, een messcherpe vouw in de broek, een vest zelfs, een glanzende lila das, een overhemd in de kleur van een nevelige hemel. Schoenen puntig en goed gepoetst. Een engel van Italiaanse snit. Ik doe net of ik hem niet zie. Dat zal hij op prijs stellen. Ik tap water in de elektrische waterkoker, zet hem aan, haal de rooibos uit het keukenkastje, pak de theepot, spoel hem om met heet water. Kopjes van de plank. Met de handen op het aanrecht wacht ik tot het water kookt. Ik schenk de thee op en zet kopjes en pot op de keukentafel, ga aan de andere kant zitten, veeg even met mijn linkerhand wat denkbeeldige en reële kruimels van het blad. Beiden zitten we nu met de rug tegen de muur, tafel met theegerei tussen ons in. De geur van warm korenveld heeft me gewekt. Nu weet ik het zeker.

'Thee?' vraag ik.

'Nee, dank u. Ik drink niet onder diensttijd.' Zijn stem is licht en vloeibaar.

'Er zit geen alcohol in.'

Ik schenk mijn kopje vol en neem het op schoot, mijn handen kouwelijk eromheen. De engel mag dan naar een warm korenveld ruiken, hij verspreidt niettemin een vage kilte; je doet op een zomerdag een kerkdeur open en dat stroomt je tegemoet. Niet onaangenaam maar op den duur gaat het in je botten zitten. Hij slaat een been over de andere, trekt de broekspijp eerst een beetje op om geen knieën in de stof te krijgen.

'Ik moet met u praten.' Het vermoeden van een Gronings accent. Hij doet me denken aan dokter Bouma, onze huisarts toen ik kind was. Nooit heb ik meer aan hem gedacht; nu is hij opeens aanwezig en projecteer ik het ernstige ietwat pafferige Bouma-hoofd met zwarte bril boven het Oger-pak.

'Dat vermoedde ik al. U ziet er niet uit als een dief.' Tot mijn verbazing begint hij te lachen. Veel harder dan voor beleefdheid nodig is. Opeens valt de lach weg. Hij is een robot, wordt op afstand bestuurd. Een hologram. De nieuwste software.

'Het gaat over uw broer,' zegt hij. 'We hebben uw grafrede gehoord.'

'Dan heeft u, alwetend als u allen bent, niets nieuws gehoord.'

'Dat hangt ervan af waarop u doelt. Wisten wij dat u zo over uw broer dacht? Ja. Zijn wij het met u eens? Dat is nog niet zeker.'

'U bent van de ballotagecommissie.'

Weer lacht hij hard en kort. 'Hahaha. Zo kunt u het zeggen.'

'Maar als u al wist hoe ik over mijn broer denk is uw bezoek enigszins overbodig. Of u het met mij eens kunt zijn of niet, is uw zaak.'

'Bent u ervan overtuigd dat een mensenleven waardeloos kan zijn?'

'Ja, daarvan ben ik overtuigd.' Laat hem maar komen met zijn dooddoeners dat in elk mens iets goeds schuilt, dat niemand geheel verloren is. Dat wij niet mogen oordelen. Ik zal niet in de verleiding komen de engel te wijzen op het feit dat de liefde van de kampbeul voor Schubert of voor zijn herdershond hem als mens niet rechtvaardigt of beter maakt. Geen bonuspunten voor een liefhebbende moederjongen die een dier martelt. Geen gekkenhuisgenade voor Dutroux en diens gelijken.

'Maar uw broer was toch geen Dutroux!'

'Het is verboden gedachten te lezen,' zeg ik en neem een te hete slok. De thee brandt mijn slokdarm door tot op de bodem van mijn maag.

'Ik kan niet anders.'

'Des te overbodiger uw bezoek.'

'Uw broer heeft recht op een eerlijk proces. Vindt u niet?'

'Jazeker.'

'Wij geven u de gelegenheid daarin te voorzien. U bent zijn advocaat van de hemel. Het is uw opdracht het dossier van zijn leven samen te stellen met het doel hem te ontlasten van uw eigen beschuldiging. Geef zijn leven waarde.'

'Dat is een sluwe en laaghartige streek. Ik weiger.'

'U bent niet in de positie te weigeren.'

'Wat zijn de sancties?'

'Een slecht geweten.'

'Ik laat me niet chanteren.' Ik zet mijn kopje op tafel neer en sta op. 'U kunt gaan.'

'Daar heeft u geen zeggenschap over.'

'O nee? Kan ik in mijn eigen huis een geestverschijning niet hoogstpersoonlijk de deur uitzetten?'

Ik ga mezelf niet belachelijk maken door een uitval te doen naar de krijtstreep of de glanzende das. 'Goedenavond,' zeg ik. 'U komt er zelf wel uit.'

Zachtjes doe ik de keukendeur achter me dicht en zoek bevend mijn weg terug naar mijn slaapkamer waar de geur van warm korenveld niet meer te bespeuren is. Zou hij bevroren blijven zitten op mijn keukenstoel, door de programmeur van het computerspel voorlopig veroordeeld tot werkloosheid? Of glijdt hij als plasma door de kieren van de deur en volgt hij het spoor van mijn voeten tot hier? Kruipt hij als een djinn in mijn oor om bezit te nemen van mijn ziel? Met de dekens over mijn hoofd en het licht aan wacht ik tot de opwinding uit mijn broze aderen wegtrekt. Lang wachten. Draaien. Nog eens draaien. Een houding zoeken die de slaap uitnodigt. Een klaarlichte dagdroom was het. Niets anders. Slapen nu. Zelfhypnose. Het donkere, donkere gordijn langzaam dichttrekken, nee, nee, geen enkele gedachte toelaten behalve die aan het donkere, donkere, golvende gordijn, dat de werkelijkheid voor mijn oog verbergt. Steeds springt de helverlichte keuken ervoor met de goedgeklede engel, en de kuil met de kist en de Hamlet daarin die naar de zachte regen van de vallende aarde lijkt te luisteren met zijn ogen dicht. Lezen dan maar. Rechtop. Koude armen boven dek. Boek. 'Schreiben als Widerstand gegen den unaufhaltsamen Verlust von Dasein.' Christa Wolf. Ze is van mijn generatie. Iets jonger. Wat zij zegt, gaat mij aan. Het onweerstaanbare verlies van bestaan. Het is een onbeholpen vertaling – want bedoelt ze werkelijk dat het verlies aanlokkelijk is? –

voor dat het almaar minder wordt. Dat alles teloorgaat. Vervalt. Vanaf de geboorte is het een rechte weg naar de dood. De dagen waaien voorbij en nemen mijn bladeren mee. Mijn armen liggen op het dek als dorre oude takken. God, het is zo'n vreselijk cliché! En zo vreselijk waar. Ik kom in het zicht van de haven. Ik zie de contouren van het hemels Jeruzalem. Die engel had ik tien jaar geleden nog niet kunnen zien. Daartegen schrijven, zegt Wolf. Schrijven als daad van verzet. Machtelozer daad kan nauwelijks worden gevonden. Ik leg mijn boek neer op het dekbed met het vrolijke patroon van margrieten. Verzet? Nee, de dood is onweerstaanbaar. Mijn hoofd valt in het kussen. Mijn ogen glijden dicht. Ik neem een voorschot op de eeuwigheid.

Mijn broer leefde altijd op de rand van de bedelstaf, pofte dat het een aard had, liet schulden en beloften achter zich als broodkruimels, vrat zijn vrienden uit en verweet mij dat ik niet uitgaf naar dat ik geld had. Je kunt het zien als een goede en joyeuze eigenschap, Henk Lebemann!, maar ik verafschuwde de theatrale leugens. Ik ergerde me aan de veelbetekenende manier waarop hij een kostbaar zilveren voorwerp op de hand woog, van dichtbij met geknepen ogen naar het signatuur op mijn schilderijen keek, met zijn hand over een achttiende-eeuwse commode aaide en me dan knikkend en spotlachend aankeek, en zei dat het voor mij een vreugde moest zijn in deze weelde aan schoonheid te mogen leven en hoe hij me benijdde, maar het me ook van harte gunde. Al was het verkregen over de ruggen van de belastingbetaler, de eenvoudige werkman, kinderarbeid, slavernij, koloniale uitbuiting. Noem maar op. Geen fortuin wordt eerlijk vergaard, zei hij. Mijn Job kon ertegen. Die lachte er zelfs om. Hoe dacht je dat Breznjev woont? zei hij dan. Of Sartre? Job hield me voor dat de rolverdeling in de maatschappij nu eenmaal mijn broer diens gedrag voorschreef, ik moest er niet zo zwaar aan tillen, het waren vertrouwde mouvementen op het schaakbord van de opinies, het was een spel. Hij was als industrieel en politicus de pispaal van het grauw en de intellectuelen. Daar was hij aan gewend. Geld was zowel de steen des aanstoots als de compensatie. Maar geef Henk geld en je haalt zijn raison d'être weg. Henks motor loopt op rancune. Je zou hem doodongelukkig maken met geld. Ik voelde me natuurlijk schuldig om Jobs rijkdom. En ik schaamde me voor Henks impertinentie. Job heeft lang niet alles geweten van Henks streken. En ik zou advocaat van de hemel moeten zijn? No way.

In het faire proces dat mijn broer voor de Groot-Inquisiteur te wachten staat zal ik juist de bewijzen à charge fourneren. Het belangrijkste bewijs is een gebeurtenis uit een betrekkelijk ver verleden, waarin voor het eerst zijn toneelspelerstalent en zijn weerzinwekkende behoefte aan destructie tot volle bloei kwam. En natuurlijk – dat was de hele kiksaus – had niemand wat in de gaten tot het te laat was.

Job was een stuk ouder dan ik. Hij verliet zijn eerste vrouw voor mij. Dat was een schande toen. Zijn dochter en zoon namen hem de scheiding kwalijk. Het gezinsleven was op zijn zachtst gezegd nogal stroef, zeker in het begin toen de kinderen hun door de rechter opgelegde weekends en vakantiehelften bij ons kwamen doorbrengen in ijzige beleefdheid. In de loop van de jaren werden de verhoudingen iets beter, vooral sinds de geboorte van mijn dochter. Van dat stiefzusje ging een grote bekoring uit. Ze was allerliefst als baby en peuter, ze is dat nog steeds, ze weet mensen voor zich te winnen, aan zich te binden. Ze heeft honing aan haar reet. De adoratie heeft haar karakter niet merkbaar verder verpest. Dat karakter was in zekere zin al prenataal gevormd in een ijzeren mal. In de harten van haar vriendinnen zaaide ze met gulle hand het zaad van de afgunst. Ze had een talent om de meest trieste trutjes uit haar klas mee naar huis te nemen als waren het vogeltjes met lamme vlerkjes die zonder haar bescherming zeker een wrede dood zouden sterven. Vervolgens boorde ze het misbakseltje eigenhandig nog dieper de grond in.

De zomers bracht ik vaak in Zeeland door. In een mooi negentiende-eeuws huis dat aan Jobs familie behoorde. Je zag er bij wijze van spreken het personeel nog door de gangen schrijden met een zilveren blaadje waarop een visitekaartje. Job was veel weg. Uit strategische overwegingen hadden we bedacht dat onze dochter een vriendinnetje mee mocht nemen, dat we mijn jongere broer Henk zouden uitnodigen als kameraad voor Jobs zoon, zodat ik dan met Jobs dochter eindelijk een band kon opbouwen. Dat ging natuurlijk helemaal mis. Henk en Stefan (Jobs zoon) konden elkaar na een halve dag niet luchten of zien, onze dochter Fiona (vijftien jaar) liet haar vriendinnetje vallen als een baksteen ten faveure van haar oudere stiefzus, Stefan zocht een scharreltje op in het dorp en was de hele vakantie onzichtbaar, maar tot mijn grote opluchting bleken Henk en het vriendinnetje van Fiona – Ankie heette ze – mooi aan elkaar opgeruimd te zijn. Ik vond het een fraai arrangement en genoot van mijn vrijheid. Af en toe probeerde ik Fiona op haar verantwoordelijkheid voor Ank te wijzen, maar Fiona voelde er niets voor haar vriendin van een eerste liefdeservaring af te houden. 'Ze heeft nog nooit een vriendje gehad, mam. Ze heeft nog nooit gezoend!' Dat leek me voor een vijftienjarige toen helemaal niet zo'n ramp. Het gaf me wel een aardig inzicht in de handel en wandel van mijn dochter. Maar ik was zelf achttien geweest, toen ik Job ontmoette.

Vier weken duurde de idylle. Toen spoelde Ankies lichaam aan bij Westkapelle. Ze was een dag zoek geweest. Ongeluk of zelfmoord? Verraderlijke stroming of opzet? Henk had haar het laatst gezien. Hij was samen met haar gaan zwemmen. Hij had het koud gekregen – typisch Henk – en was het water uit gegaan. Terwijl hij zich stond af te drogen, met zijn rug naar de zee omdat hij tegelijkertijd op het duin een gevecht tussen twee meeuwen gadesloeg, was ze kennelijk in moeilijkheden geraakt. Hij had haar door het geschreeuw van de vogels niet gehoord, als ze tenminste had geroepen. Toen hij zich omdraaide zag hij haar niet meer. Het was stil op het strand, want het liep al tegen de avond. Niemand had haar zien verdrinken. Henk was erg ontdaan geweest en had hartverscheurend gesnikt, toen we haar moesten identificeren. Wij waren allemaal diep getroffen. Niet zozeer om Ankie – zo goed kenden we haar niet, ze was wat stilletjes –

maar om het pure feit dat zoiets je onverwacht bij klaarlichte dag bij de kladden grijpt. De totale willekeur. Dat raakte ons. Mij. De ouders van Ankie waren diep-gelovige, eenvoudige, katholieke mensen, die de gedachte aan zelfmoord verafschuwden. Was het niet al erg genoeg dat hun dochter dood was? Moest de politie nu ook met dergelijke vreselijke verdenkingen komen? Zelfmoordenaars vallen buiten de genade Gods. Geen gewijde aarde. Zelfmoord in huize Job was ook voor de reputatie van mijn echtgenoot niet bevorderljk. Daarom heb ik het vakantiedagboek dat ik bij haar spullen vond zelf gehouden.

Het is het dagboek van een fantasierijke dweepster, die een natuurtalent had voor absolute overgave aan wie zich daar maar voor opwierp. Wezens als mijn wispelturige dochter en mijn egocentrische broer. Niet zomaar bewondering, maar totale mimicry. De eerste bladzijden zijn aan Fiona gewijd, maar toen die zich losmaakte uit de knellende omhelzing van de stille vriendin, verplaatste Ankie met opvallend gemak haar aanbidding naar Henk. Ze was een parasiet. Zonder een gastheer kan die niet leven. Overigens was daar in het dagelijks gebruik niet veel van te merken. Ze leefde zich vooral uit in de dagboekbladen. 'Henk, Henk, Henk,

Henk, Henk', staat ergens honderdmaal volgens mij, en dan zoiets als: 'Bij elke hartslag zeg ik zijn naam. Honderdduizend keer per dag. Een gebed. Ik heb gisteren zijn schoenen onder de kapstok vandaan gehaald en er op de wc heel lang aan geroken. Ik heb ze aangetrokken en de geur van zijn voeten met de mijne vermengd. Ik ben al heel vaak in het geheim verliefd geweest op een jongen, maar nog nooit zo erg als nu. Ik geloof dat hij mij ook wel leuk vindt.'

Nou, dat was zo. Of niet. Maar in elk geval liet Henk zich de verliefdheid van Ankie aanleunen, sterker nog: hij moedigde haar aan. Binnen een paar dagen was het beklonken. Ze zoenden achter het schuurtje en in de bosjes, ze zoenden stiekem op de gang en op zolder. Ankie kon haar opwinding nauwelijks in woorden vatten. 'Hemels', 'goddelijk', 'intens', 'voor eeuwig' en alle overdrijvingen die bij een kalverliefde horen. Liefde en leven werden in amechtige bespiegelingen op de huid gezeten. Tot er met dikke onderstrepingen stond: 'Mijn liefste gaat dood.' Ankie vertelde het verhaal van Henks ziekte, die hij heldhaftig verzweeg voor zijn familie om hen niet ongelukkig te maken. Maar over een jaar zou hij er niet meer zijn. Hooguit drie maanden had de dokter gezegd. Ik kon mij voorstellen hoe Henk de ten dode opgeschrevene speelde: lange stiltes, James Dean-achtige weerspannigheid en plotselinge woede, hij zal de hele trukendoos hebben opengetrokken. En Ankie viel als een blok voor de romantiek die haar te beurt viel. Ze juichte bijna in haar dagboek. Ze jubelde het uit: zij was uitverkoren de hoofdpersoon te zijn in een echt drama. Zorgvuldig voerde Henk haar kleine hapjes van een sluipend, zoet gif. Hoe hij erover dacht een eind aan zijn leven te maken. (Ja, ja! nog tragischer!) En hij vertelde haar van jonge zelfmoordenaars. Chatterton. Von Kleist. Gunderode. Werther. Shelley. Hoe die laatste bij Lerici de zee in was gelopen en de dood tegemoet was gezonken. Rudolf van Habsburg, de zoon van Sissi, en Maria Vetsera. Een vroege zelfgekozen dood was roemrijker dan een lang saai leven. En nu de dood toch op de stoep stond...

Helemaal zelfstandig vulde Ankie die gedachte aan met verheven steunbetuigingen en intens verlangen naar versmelting van hun zielen. En hoe het leven zonder hem geen zin had voor haar. In het dagboek ging het crescendo naar een onontkoombaar besluit. Ze zouden de zee in waden, hand in hand, de stroming zou aan hun enkels trekken. Ze zouden worden meegezogen, terug naar de grote oermoeder, die hen zou inslikken. Verdrinken was een zachte dood. En hoe mooi samen, hoe mooi.

Ze zouden worden gevonden, eng omstrengeld als geliefden, teruggeworpen op de kust, en hun gezichten zouden sereen zijn, glimlachen in de dood, en iedereen zou erg verdrietig zijn, maar ook op wonderbaarlijke wijze blij, en de dokter zou vertellen van de ziekte en iedereen zou nog meer onder de indruk zijn van het drama. Het was allemaal op papier voorvoeld, voorspeld en doorleefd.

Wat heeft Henk gedacht? Was het voor hem een ernstige flirt met de dood, was het een proeve van bekwaamheid, was het een sadistisch spel? Wat was er gebeurd?

Ik heb hem ter verantwoording geroepen, het dagboek in de hand. Hij wist van niets. Opnieuw een glansrol. Hij hield vol wat hij tegen de politie had gezegd: koud, water uit, meeuwen. Nee, natuurlijk had hij haar niet van een dodelijke ziekte verteld, hij was toch niet gek. Hij begon juist een beetje genoeg te krijgen van de vrijage. Ankie had alles bedacht en in scène gezet om in ieder geval één keer te schitteren, was het niet bij haar leven, dan in ieder geval in de dood. Ze had hem meegetrokken in zee, was op zijn rug gaan zitten, had hem ondergeduwd. Hij dacht aan een stoeipartij, maar het was ernst. Hij was het water uit gevlucht. Ik accepteerde zijn verklaring, maar heb hem nooit geloofd. Met name de suggestie dat Ankie hem had willen verzuipen leek me net iets te veel van het goede: een sterke knul van tweeëntwintig en een meisje van vijftien! Kom nou. Het omgekeerde lag meer voor de hand. Maar moord? Mijn broertje? Daarvoor was hij te laf. Ik geloofde dat dagboek. Henk had een kind van vijftien tot zelfmoord gedreven. Hij was met haar de zee ingegaan, net verder dan verantwoord, kopje onder, hij was weer bovengekomen en naar de kust gezwommen. Zij niet. Of ze kon niet meer terug. Een spel dat misliep. Henk, Henk, Henk, sloeg haar hart en toen niet meer. Ik heb me altijd afgevraagd of ik er goed aan heb gedaan hem het voordeel van de twijfel te geven.

'En?' vraagt de engel. De onderste helft van zijn gezicht is scherp getrokken. Alleen de ogen zijn nog gescrambled. Hij draagt ditmaal een smetteloos wit trainingspak en zit op de rand van mijn bed te wachten. 'Hebt u een apologie?'

'Nee,' zeg ik. 'Ik heb een requisitoir.'

'Dat konden wij zelf ook wel maken.'

'Dan hadden jullie ook net zo goed zelf de verdediging kunnen voeren. De hemel heeft mij niet nodig.'

'Maar u heeft de hemel nodig.'

'Ik geloof niet in een hemel. Ik geloof niet in engelen. U bent een macabere grap van mijn eigen fantasie.'

De engel trekt een geduldig gezicht. En wacht. Ik probeer op te staan, maar een onzichtbare hand houdt me in de kussens gedrukt.

'Laat me los.'

Hij houdt de handen omhoog ten teken dat hij niets doet.

'Ik weet wat de bedoeling is.' Mij valt plotseling een plausibele verklaring in. 'Ik moet mijn broer verdedigen om zo zelf de hemel te verdienen. Het gaat jullie niet om hem maar om mij. Dit is een toelatingsexamen.'

De engel lacht. Zijn vleugels ruisen een beetje.

'Henk brandt misschien allang in de hel. Als die zou bestaan.'

Ik doe weer een poging mij op te richten. Het lukt nog niet erg.

'Ik kan jullie niet terwille zijn,' zeg ik. 'Ik blijf bij mijn oordeel. En ik vind dat ik indertijd juist heb gehandeld.'

De engel staat op. Ik begin zijn ogen te onderscheiden.

Verantwoording

'Door een spiegel, in raadselen' werd speciaal geschreven voor de Week van het Luisterboek 2005 en verscheen op een van de cd's van de *Luisterboekenbox*, onder de titel 'Vriendinnen en godinnen'.

'Advocaat van de hemel' verscheen in *De Gids*, jaargang 167, nummer 7-9 (juli/augustus/september 2004).

Kortingsbon t.w.v. € 2,50

Koop nu nóg een boek van Nelleke Noordervliet
met deze kortingsbon!!

Nelleke Noordervliet

Mevrouw Gigengack

Uitgeverij Augustus

Van € 12,50 voor € 10,–

Geldig van 1 juli 2006 tot 1 oktober 2006

ISBN: 904570093x
Actienummer: 901-06606
Deze kortingsbon kan worden ingewisseld bij elke boekhandel in Nederland.

Kortingsbon t.w.v. € 2,50

Koop nu nóg een boek van Nelleke Noordervliet
met deze kortingsbon!!

Nelleke Noordervliet

Pelican Bay

Uitgeverij Augustus

Van € 12,50 voor € 10,–

Geldig van 1 juli 2006 tot 1 oktober 2006

ISBN: 9045702924
Actienummer: 901-07399
Deze kortingsbon kan worden ingewisseld bij elke
boekhandel in Nederland.